KB099824

삶의 힌트

삶의 힌트

초판 1쇄 인쇄 2014년 03월 14일
초판 1쇄 발행 2014년 03월 21일

지은이 박 인
펴낸이 손 형 국
펴낸곳 (주)북랩
출판등록 2004. 12. 1(제2012-000051호)
주소 서울시 금천구 가산디지털 1로 168,
우림라이온스밸리 B동 B113, 114호
홈페이지 www.book.co.kr
전화번호 (02)2026-5777
팩스 (02)2026-5747

ISBN 979-11-5585-177-7 03810(종이책)
979-11-5585-178-4 05810(전자책)

이 도서의 국립중앙도서관 출판시도서목록(CIP)은 서지정보유통지원시스템 홈페이지(http://seoji.nl.go.kr)와
국가자료공동목록시스템(http://www.nl.go.kr/kolisnet)에서 이용하실 수 있습니다.
(CIP제어번호 : 2014008358)

청춘을 위한 자기계발시 詩

박인 지음

일러두기

내 머리 속에는 시에 대한 고정된 관념이 있다. 상징과 은유, 압축. 그리고 작가 개인의 정서와 사유방식을 따라가야 하는 수고스러움. 그러나 이 글들은 직접적이고 나열적이며 내가 시에 대해 가지고 있는 시적 사고나 표현과는 거리가 있다. 그래서 아주 짧은 글 또는 자기계발시라고 이름 붙인다.

작가의 말

삶에 정답은 없지만 힌트는 있습니다. 그 힌트는 이미 여기저기 좋은 말과 글로 흩어져 가득 차 있습니다. 젊음이란 게 힌트를 놓치고 좌충우돌과 홀로 겪는 가슴앓이의 시간으로 상징되지만 여기에 그렇게 흩어진 단어들을 다시 엮어 놓습니다.

아직 더 배우고 알아야 할 것들이 많이 남은 저 역시 여전히 청춘입니다. 그래서 사람을 통해서, 책이나 일을 통해서 미처 깨닫지 못한 힌트들을 아직도 찾고 있습니다. 때로는 서로 다른 것 같은 힌트들이 하나의 사실을 말해주기도 합니다. 마치 그 힌트가 사람 사는 일의 정답 같기도 합니다.

그런데 예전에 찾은 힌트들은 어느새 바래져 다른 힌트들과 덧붙여지거나 폐기됩니다. 새로운 힌트를 발견할 때뿐 아니라 덧붙여지거나 폐기될 때에도 새로운 세상을 봅니다. 우리가 본 세상만큼 우리는 성장합니다.

바래지 않고 푸르게 열린 시선으로 오늘 만난 사람, 오늘 나눈 이야기, 오늘 경험한 일을 통해서 늘 새로운 힌트들을 발견했으면 합니다. 그렇게 찾은 힌트들이 좋은 생각과 행동으로 이어져 이제 두 발로 단단히 설 수 있었으면 좋겠습니다.

2014년 3월

차례

2장 절차탁마(切磋琢磨) 다시 갈고 닦다

3장 허심탄회(虛心坦懷) 비우고 털다

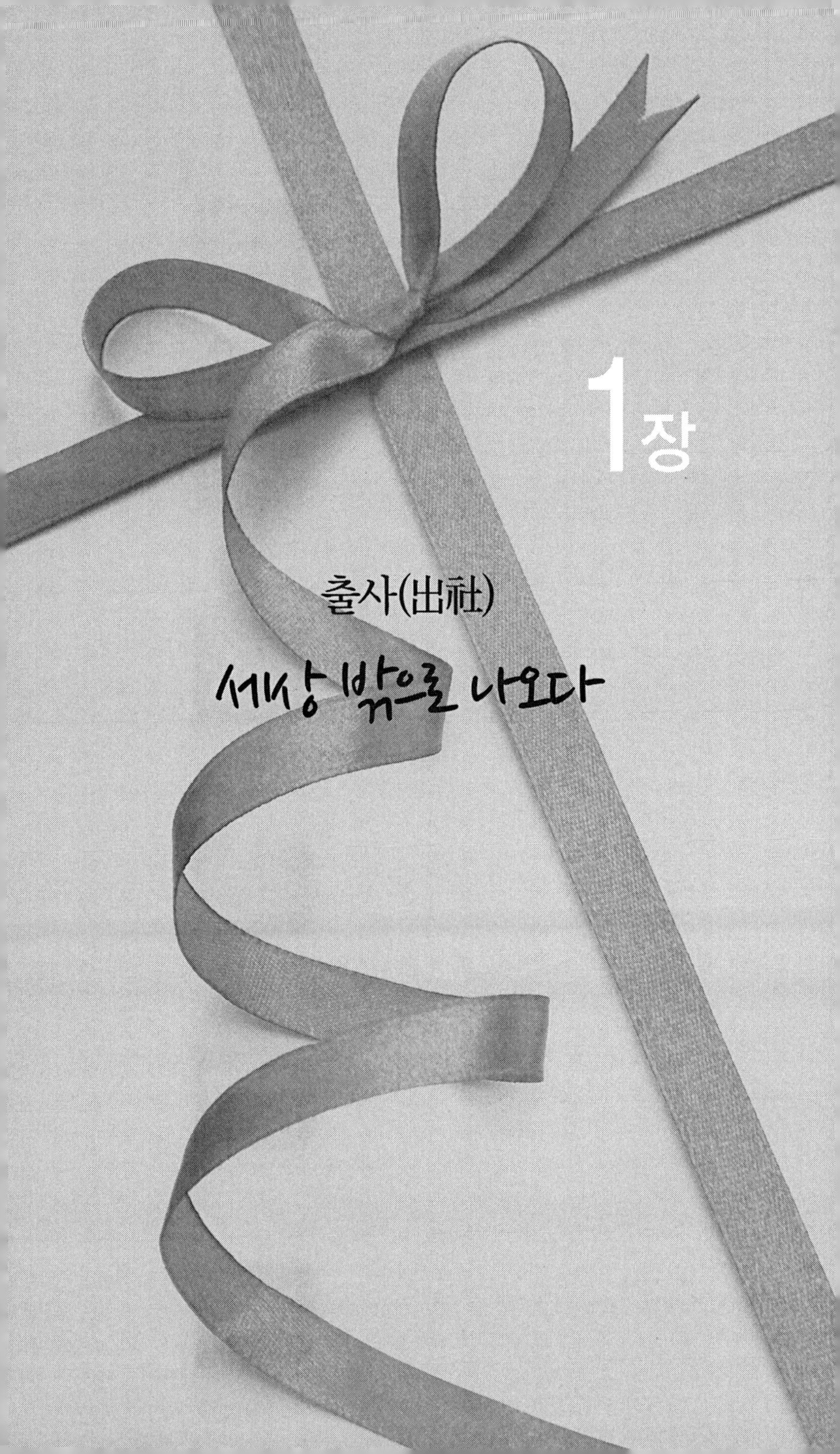

1장

출사(出社)

세상 밖으로 나오다

만두

같은 속으로 빚었는데

물에 넣어 넌 물만두
기름에 튀겨 넌 군만두
찜통에 쪄서 넌 찐만두
납작하게 지져 넌 납작만두
크게 크게 뭉쳐 넌 왕만두

서로 다른 데서 굴렀다

끼리끼리 모여서

끼리끼리 모여서 오합지졸

끼리끼리 모여서 장삼이사

끼리끼리 모여서 군계일학

끼리끼리 모여서 군웅할거

*오합지졸(烏合之卒)

*장삼이사(張三李四)

*군계일학(群鷄一鶴)

*군웅할거(群雄割據)

함정

힘이 있어야 소리를 낼 수 있는 곳
돈과 빽이 있어야 움직일 수 있는 곳
무리로 있어야 박수 받을 수 있는 곳
한쪽 눈을 질끈 감아야 편안한 곳

그 곳에 가고 싶다고 느끼는 것

우물 안

설마 그렇게까지 하겠어?
어떻게든 되겠지

이런다고 뭐가 달라지겠어?
되는대로 하다 말아야지

인간이 다 그렇고 그렇지
너라고 뭐 특별하겠어?

까짓것 대충하지 뭐
누가 알겠어?

난 한참 멀었다

나는 그 사람이 불편하다
내 마음이 옹졸해서

나는 그 사람이 불편하다
내 마음이 가난해서

나는 그 사람이 불편하다
내 마음이 메말라서

나는 그 사람이 불편하다
내 마음이 자꾸 보여서

끼리끼리 모여서 2

끼리끼리 모여서 사분오열

끼리끼리 모여서 이전투구

끼리끼리 모여서 아전인수

끼리끼리 모여서 수적석천

*사분오열(四分五裂)

*이전투구(泥田鬪狗)

*아전인수(我田引水)

*수적석천(水滴石穿)

내가 만난 사람들

영혼 없이 맑은 미소
안달복달 타오르는 열정
죽은 듯이 조용한 호수
다른 생각을 숨긴 눈빛

세월을 지나 온 미소
자신의 길을 만드는 열정
묵직한 힘을 안은 호수
호기심에 투명한 눈빛

갈대밭에서

흔들리지 마라
그건 옳지 않다

흔들리지 마라
그건 지금 좋을 뿐이다

흔들리지 마라
그건 네 뜻이 아니다

흔들리지 마라
넌 아직도 갈 길이 남았다

나도 그렇다

그들이 안 된다고 할 때
나도 하고 싶지 않았다

그들이 외면했을 때
나도 도망가고 싶었다

그들이 그만두라고 할 때
나도 계속 가고 싶지 않았다

그러나
나는 그만두지 않았고
도망가지 않았으며
계속 이 길을 지키며 간다

그들은 소리만 내고 사라졌다

세상의 소리

세상의 많은 소리들
나를 누르는 큰 소리들

내가 내는 소리는
내 안에서만 운다

좌충우돌

누군가의 준비되지 않은 도전
누군가의 올바르지 않은 도전

누군가의 충분하지 않은 결론
누군가의 공정하지 않은 결론

누군가의 절제되지 않은 행동
누군가의 때가되지 않은 행동

가득 찬 밤

낮에 들은
너의 말로
가득 찬 밤

까만 밤은 별로 가득차고
살랑이는 바람도 가득차고
향기로운 공기도 가득 차
숨막힌다

낮에 들은
너의 말로
가득 찬 밤

까만 밤은 텅 빈 하늘로 가득차고
메마른 바람도 가득차고
적막한 공기도 가득 차
숨막힌다

하룻밤 새

축축하게 젖은 날 밤
질퍽거리며 돌아와
108가지의 번뇌로
36계 36계 36계

이러지도 저러지도 못하는
내 마음은
36계 36계 36계

어지럽게 널브러진
내 마음은
36계 36계 36계

바짝 바짝 쩍쩍 갈라진
내 마음은
36계 36계 36계

무거운 육신이
도망간 마음 붙잡아
조용히 또 잠든다

화양연화 (花樣年華)

그래도 넌
그런 때라도 있었구나

아직까지 난
떠올릴 좋은 기억 하나 없이
그리운 사람 한명 곁에 없이
하염없이 기다리다 사라지는데

그래도 넌
그런 때라도 있었구나

여태까지 난
고운 색 한 번 드러내지 못하고
푸른 마음 펼치지 못하고
눈물만 삼키다 사라지는데

그래도 넌
그런 때라도 있었구나

임전무퇴 (臨戰無退)

때론

사소한 것에 목숨 건다

그것이 지금은 전부니깐

몰라서 용감하다

보이지 않아서 돌진한다

아는 만큼 두렵고

보이는 만큼 망설인다

그래서

그 사소한 것에 목숨 걸기 위해

보려고 하지 않고 알려고 하지 않는다

돌탑

한다한다 하고서
하지 못한 일들이
돌탑처럼 쌓인다

매일 매일
위태롭게
쌓여만 가고 있는데…

그 돌들이
나중에 비수처럼 날아와
등 뒤에 꽂힐 것을 아는데…

오늘도 하릴없이
바라만 본다

국화 옆에서

거울 앞에 돌아와 선
나의 누이는

거친 사람들에 놀라고
차가운 세상에 떨며
사라진 믿음에 절망하고
내가 갈 수 없는 지름길이 많다는 사실에
정직을 잃었다

윤기없이 메마른 머릿결
투박하게 두터워진 손발
균형을 잃고 쳐진 어깨

대신
단단해진 두 눈

다시 돌아오리라

나를 봅니다

허둥지둥 종종거리는
나를 봅니다

왔다갔다 갈지자로 걷는
나를 봅니다

어쩔 줄 몰라 하며 문 밖에 서 있는
나를 봅니다

반짝이는 불빛 아래 그림자 같은
나를 봅니다

이렇게 나는
늘 작아만 보입니다

당신을 봅니다

확신에 차 거침없는
당신을 봅니다

막힘없이 당당하게 걷고 있는
당신을 봅니다

망설임 없이 문을 열고 들어가는
당신을 봅니다

반짝이는 불빛 아래 주연 같은
당신을 봅니다

그렇게 당신은
늘 커 보입니다

참 좋은 세상

내가 만들지도 않았는데
세상은 이미 좋은 것들로
가득 차 있다

처음엔
마냥 좋아서
보고 입고 먹고 쓰고

다음엔
딱 좋을 만큼만
보고 입고 먹고 쓰고

이제는
보기 좋고 먹기 좋은
떡 그림 하나 붙여놓고
오늘도 나간다

어느 하루

하루 하루
지겨운 날들

어제와 같이 찌질한 오늘
오늘과 같을 구질구질한 내일

365일
허접한 내 인생

2장

절차탁마(切磋琢磨)

다시 갈고 닦다

칡과 등나무 (葛藤)

고양이와 강아지처럼

나와 가족 사이에

나와 친구 사이에

나와 세상 사이에

그리고

나와 나 사이에

해결해야 할 일들…

비밀의 방

내 마음 두고 왔다

.

.

.

거기에…

내 땅

지금 나에겐

너무도 힘들고 버거워

진땀 흘리고 서 있는

이곳이

내가 딛고 설 땅

아무 것도 없는

허공을 붙잡아 만들어 낸

거친 땅

한 뼘 자란만큼 늘어나는

단단한 땅

흘린 땀방울만큼 열매 맺을

나만의 땅

통과의례

이 고통이

끝이 아니라

시작임을 알리는

그들의 경고

곧 들이닥칠 고통이

만만치 않음을 알리는

그들의 충고

새로운 고통이

지나간 고통으로

무뎌지길 바라는

그들의 배려

낯선 곳 여행하기

설렘과

기대와

약간의 두려움

예상치 못한 일

벗어난 경로

원치 않은 만남

보고 싶지 않은 진실

부끄러운 내 모습

비워지고

채워지고

새로워지고

나쁜 사람

우리가 진작에 돌아봐야 했었는데
그러지 못한 사람

우리가 진작에 안아줘야 했었는데
그러지 못한 사람

우리가 진작에 함께 울어야 했었는데
그러지 못한 사람

우리가 진작에 같이 가야 했었는데
그러지 못한 사람

지기지피 무전백승 (知己知彼 無戰百勝)

나를 알고

너를 보겠다

나를 알고

너를 안겠다

나를 알고

너와 울겠다

나를 알고

너와 가겠다

환골탈태 (換骨奪胎)

나에게 보이는 이 마음을
파고 파고 또 파서
날것 그대로를 확인한 그 때
나는 다시 시작할 수 있다

나에게 울리는 이 소리를
듣고 듣고 또 들어서
제대로 깨닫게 될 그 때
나는 다시 시작할 수 있다

나에게 남은 이 구슬을
닦고 닦고 또 닦아서
바르게 드러낼 수 있을 그 때
나는 다시 시작할 수 있다

그 어디든 그 누구든

어디에 굴러도 좋다
그 곳이
허당 같은 모래밭인지
질퍽이는 진흙탕인지
거칠기만 한 돌밭인지만
안다면

누굴 만나도 좋다
그 사람이
듣기 좋은 말만 하는 꾀꼬리인지
소리만 요란한 딱따구리인지
숨긴 게 많은 부엉이인지만
안다면

무슨 일을 해도 좋다
그 일이
온 동네 냄새 피우는 탄 밥이 될지
힘들인 새댁의 설익은 밥이 될지
먹을 사람 없는 묵은 밥이 될지만
안다면

반쯤 진실

모르는 게 약이다
아는 게 힘이다

쇠뿔도 단김에 빼라
돌다리도 두드리고 지나가라

콩 심은데 콩 나고 팥 심은데 팥 난다
개천에서 용 난다

하룻강아지 범 무서운 줄 모른다
쥐도 몰리면 고양이를 문다

가끔은 삶이 억울하지만

까마귀 날자 배 떨어질 때
장고 끝에 악수 둘 때
뒤로 넘어져도 코가 깨질 때
고래싸움에 새우등 터질 때

그래도 좋다

고생 끝에 낙은 올 것이고
쥐구멍에도 볕들 날 있을 것이고
인내는 쓰지만 열매는 달 것이고
소 뒷걸음치다 쥐 잡는 날도 있을 테니

선택

지금의 나는
과거에 내가 선택한 결과물들

미래의 나는
지금 내가 선택한 결과물들

하고 싶어서 했거나
하고 싶지 않았지만 했거나
하고 싶었지만 하지 못했거나
하고 싶지 않아 하지 않았거나

또는
선택을 해야만 한다는 사실을
알지 못했던
그 모든 결과물들의 조합

삶의 힌트

인과응보 모든 일에는 합당한 이유가 있다

전화위복 지금 네가 느끼는 게 끝이 아니다

우공이산 오로지 행동만이 결과를 보여 준다

타산지석 언제 어디서건 누구에게든 배울 수 있다

동상이몽 내가 꿈꾸는 세상은 너와 다르다

동병상련 그럼에도 불구하고 우린 함께 간다

*인과응보(因果應報)
*전화위복(轉禍爲福)
*우공이산(愚公移山)
*타산지석(他山之石)
*동상이몽(同床異夢)
*동병상련(同病相憐)

책임

어린이
책임 없음
또는 어른 책임

청년
내가 한 말에 대해
내가 한 행동에 대해

어른
내가 시킨 행동에 대해
내가 말하지 않은 데 대해
내가 행동하지 않은 데 대해

그들도 나처럼

울고 싶었지만
웃는 척 했고

몰랐지만
아는 척 했고

안절부절못했지만
태연한 척 했고

아무것도 없었지만
있는 척 했고

돌아가고 싶었지만
그 자리에 버텨서
그들이 되었다

watch out
watch out
빠른 성공
예전의 성공
잠깐의 성공
don't worry
빠른 실패
예전의 실패
잠깐의 실패

사람 사람 사람

약한 사람
눈에 보이기 전에 질끈 감고
손에 잡힌 것도 믿지 않고
한발조차 움직이지 않는다

쓴 한마디에 상처받고
두 마디에 주저앉는다

보통 사람
눈에 보이는 대로 보고
손에 잡힌 것을 믿으며
발길 닿는 대로 간다

쓴 한 마디에 욱하고
두 마디에 이를 간다

강한 사람
눈에 보이지 않는 것을 보고
손에 잡히지 않는 것을 믿으며
자신의 발로 길을 내며 간다

쓴 한마디에 고개 숙이고
두 마디에 강해진다

착각

완벽함
영원함
보장함
확실함

그럼에도 불구하고

내가 던진 질문에
답해 주는 이 없어도

내가 하고 싶은 일이
하찮은 일이라도

내가 가진 게
빈손뿐일지라도

내 모양새가
반듯하지 않더라도

내 앞에 놓여 있는
저 벽의 끝이 보이지 않더라도

나는 간다
그럼에도 불구하고

텐프로

아주 잘생긴 사람 10%

아주 똑똑한 사람 10%

아주 달변인 사람 10%

아주 달필인 사람 10%

아주 몸좋은 사람 10%

아주 창의적 사람 10%

아주 예술적 사람 10%

아주 사교적 사람 10%

아주 철학적 사람 10%

내가 가진 10%

모두 모여 100%

내 마음의 철인

긴 호흡
큰 발걸음
깊은 눈빛
강한 팔뚝
맑은 생각

위인들의 비밀

정약용 18

공자 14

고흐 1

이순신 13

커넬 샌드슨 65

에디슨 50,000

마가렛 미첼 20

괴테 64

가우디 144

*정약용이 유배된 세월
*공자가 세상을 유랑한 세월
*빈센트 반 고흐 생전에 유료로 팔린 그림 수
*이순신 장군이 명량해전에서 왜군 133척의 배와 대적한 배의 수
*커넬 샌드슨이 KFC를 창업하기로 결심한 나이
*에디슨이 축전지를 발명하기 위해 도전한 수
*마가렛 미첼이 「바람과 함께 사라지다」 집필을 위해 자료를 수집한 기간
*괴테가 「파우스트」를 집필한 기간
*가우디가 설계한 사그리다파밀리아(성가족성당)의 완공예정기간(1883년 착공~2026년 완공 예정)

나의 단어

매일 아침 눈을 뜰 때
나를 가슴 뛰게 하는 말들

또 다른 하루
내 안의 혁명
더 나은 내일
함께 가는 사람

아니면
너!

목적과 목표

너와 내가
그 곳에서 만난 건

같은 목표
다른 목적

너와 내가
그 곳에서 헤어진 건

같은 목적
다른 목표

내가 가진 힘

내가 배운 만큼
내가 아는 만큼
내가 애쓴 만큼
내가 경험한 만큼
내가 느끼는 만큼

내가 생각하는 만큼

내 사전

실수는
밑천이 될 종자돈

실패는
돌아봐야 할 겸손

약점은
내가 풀어야 할 숙제

위기는
도전의 새로운 기회

능력은
내가 힘겹게 쌓아올린 땀

성공은
나를 칭찬하는 작은 위안

내 삶의 밑천

몸
머리
가족
친구
이웃
책

그리고
오늘

남은 시간

1년 8,760시간

80년 인생 700,800시간

이미 지난 시간

236,520시간

아직 남은 시간

464,280시간

오늘 하루

24시간

이력 (履歷)

내가 남긴 발자국 따라
십리 백리 천리

닳고 닳은 신발 갈아 신고
십리 백리 천리

돌아가고 질러가고 다시가고
십리 백리 천리

그 길 생긴 대로
내 모양 내 꼴

나를 증명하는 방법

다음 질문에 말이나 글로 답하시오.

얼마나 배우셨습니까?
얼마나 오래하셨습니까?

무엇을 이루셨습니까?
무엇을 하실 겁니까?

1+1=

학교에서 배운 것은
자연수 2

사회에서 배운 것은
시너지 3

그녀를 만나 배운 것은
놀라운 ∞

결혼해서 배운 것은
새로운 1

살면서 배운 것은
더 큰 1

비석

이 세상에
주먹 쥐고 맨 몸으로 태어나
이루었다!

나도 이렇게 쓰고 싶다
내 묘지 앞 말뚝에

콱!

3장

허심탄회(虛心坦懷)

비우고 털다

삼라만상 (森羅萬象)

천지만물
길흉화복
생로병사
희로애락

모두가 내 안에…

*천지만물(天地萬物)
*길흉화복(吉凶禍福)
*생로병사(生老病死)
*희로애락(喜怒哀樂)

군군신신부부자자 (君君臣臣父父子子)

임금님과 신하가
아버지와 아들이

자신이 누구이고
무엇을 해야 하며
어떻게 하는지를
깨닫고 움직일 때

세상은 잘 돌아간다

나도 그 때 그랬다

미안하다고 말했어야 했는데
말하지 못했다

내가 잘못한 줄 알았지만
말하기 싫었다

네가 힘든 줄 알았지만
모른 척 했다

정의롭고 당당하고 싶었지만
비겁했다

몰라도 아는 척
알면 거들먹거렸다

나도 그 때 그랬다

그래서
지금도 반성하며 산다

인내는 쓰고 열매는 달다

치기어린 젊은이의 말을

끊지 않고 끝까지 들어준 뒤에

늘 되풀이 되는 어르신의 말을

고개 끄덕이며 끝까지 들어준 뒤에

늘 자신만 옳다하는 친구의 말을

딴지 걸지 않고 끝까지 들어준 뒤에

난 그만큼 자라고

그들의 믿음을 얻는다

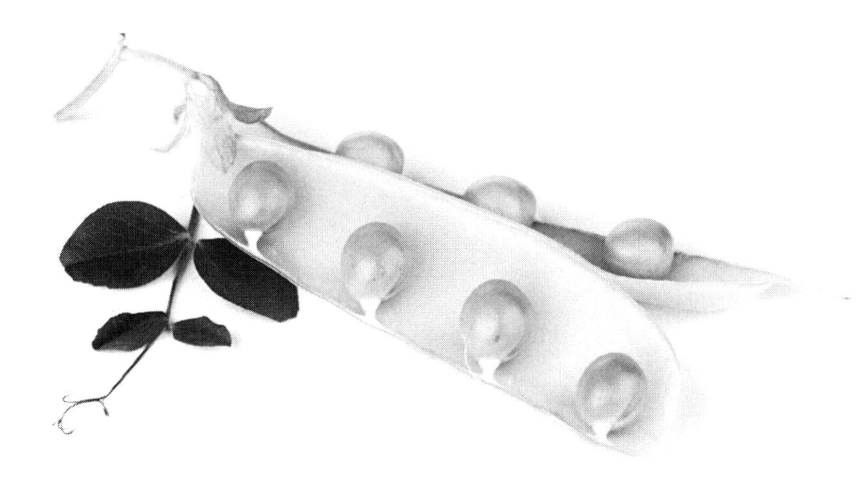

감사하며 산다

그 때 넌 내게 돌 던지지 않았고
넌 나를 함정에 빠뜨리지 않아
감사하며 산다

그 때 네가 던진 돌이 물렀고
네가 파놓은 함정이 얕아
감사하며 산다

그 때 네가 던진 큰 돌에
상처를 치유하는 법을 배웠고
네가 파 놓은 깊은 함정에
올라오는 법을 배워
감사하며 산다

세상을 보는 법

높이 날거나
깊이 파거나
멀리 가거나
많이 보거나
계속 읽거나
직접 묻거나
새겨 듣거나
오래 하거나

인간에 대한 이해

조심해서 다루어주세요
사고구조가 복잡하고
감정코드가 민감해서
상처받기 쉽습니다

아무렇지 않은 듯 하고 있어도
이미 상처받았을 수 있습니다

한번 받은 상처 오래 갑니다
어릴 때 받은 상처 치명적입니다

그러나 너무 걱정 마세요
여기저기 상처를 가진
사람들이 스스로를 치료하고 있으니까요

주위를 둘러보세요
이미 회복된 사람들이
다른 사람들을 돕고 있으니까요

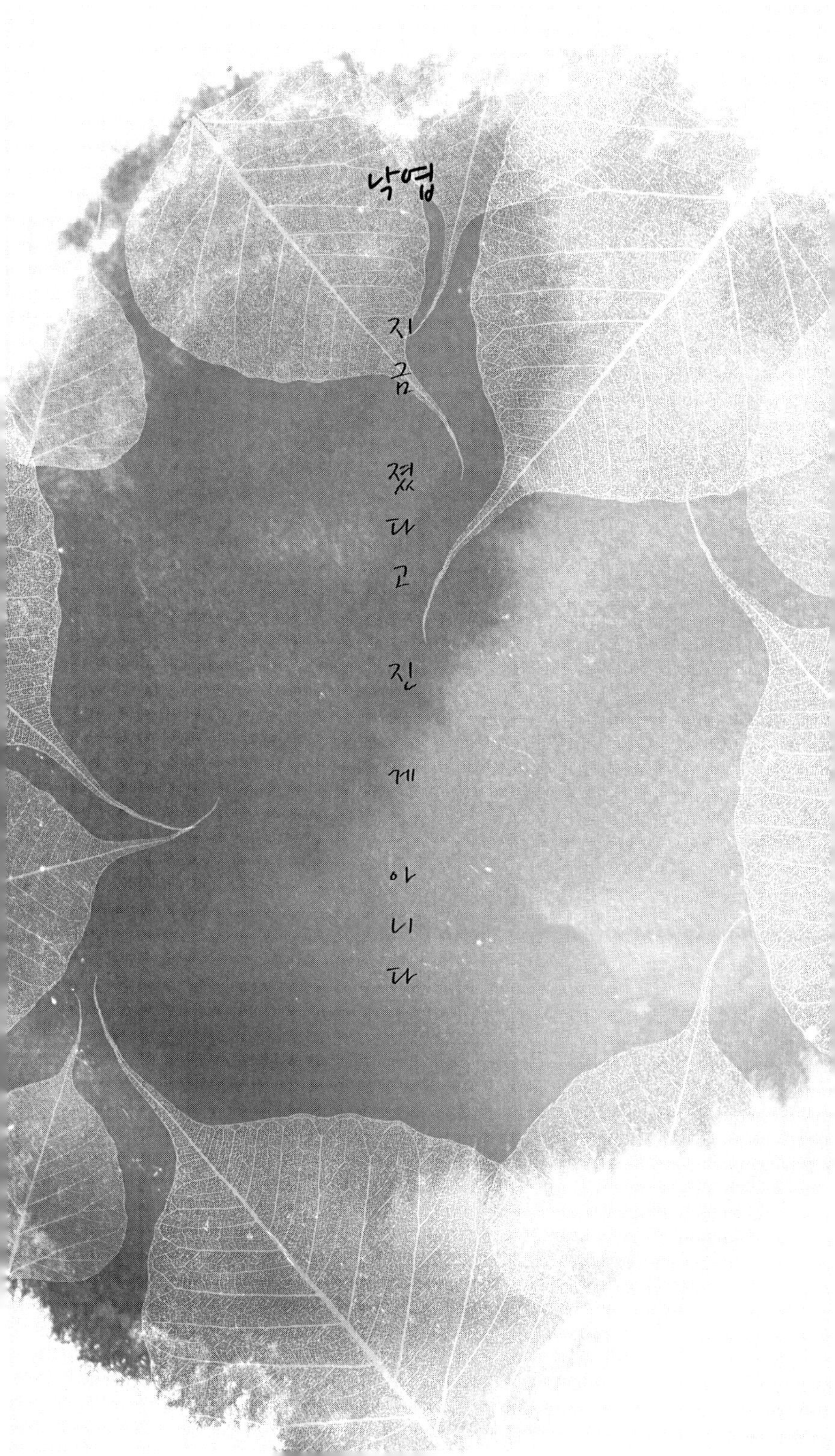
낙엽
지금 졌다고 진 게 아니다

나는 안다

나는 안다
네가 여기 오기까지
얼마나 망설였는지

나는 안다
네가 이걸 하기 위해
얼마나 진땀을 흘렸는지

나는 안다
네가 이렇게 웃기까지
얼마나 울었는지

나는 안다
네가 나보다 훨씬
더 잘 해냈다는 것을

갈림길

오래전에 길을 가다가

여러분이 보았던

그 이정표를 저도 보았습니다

그때도 지금처럼

이렇게 적혀 있었습니다

이 길은 여러분들이 가야할 길입니다

이 길은 여러분들이 갈 길이 아닙니다

잠시

머물러 앉았습니다

그리고 저도

그 길을 갔었더랬습니다

그 해 가을

아직 준비하지도 못했는데
아직 정리하지도 못했는데
아직 시작하지도 못했는데

미처 다 알지도 못했는데
미처 다 묻지도 못했는데
미처 다 듣지도 못했는데

그 해 가을 다 갔다

그 해 겨울

아직도 많이 남았다

다시 올 따뜻한 봄에
난 또 씨를 뿌릴 테고

다시 올 뜨거운 여름에
땀방울 주르륵 흘리며
살아있음을 확인할 것이고

다시 올 늦은 가을에
겨우 풀칠할 한줌거리 얻고선
다 지나갔음을 알게 될 것이고

다시 올 추운 겨울에
아직도 많이 남아있음을 위로하며
봄을 기다릴 것이다

사막을 건너며

나도
이제 알았다

아무도 지나가지 않은 것 같은
이 모래사막을
예전에 누군가가 지나갔음을…

눈앞을 가로막는 이 모래바람이
누구에게나 분다는 것을…

이 사막을 건너갈 때
누구나 두려워하고 있다는 것을…

나도
이제 알았다

사막을 건너온 자들은
새로운 힘을 지니게 된다는 것을…

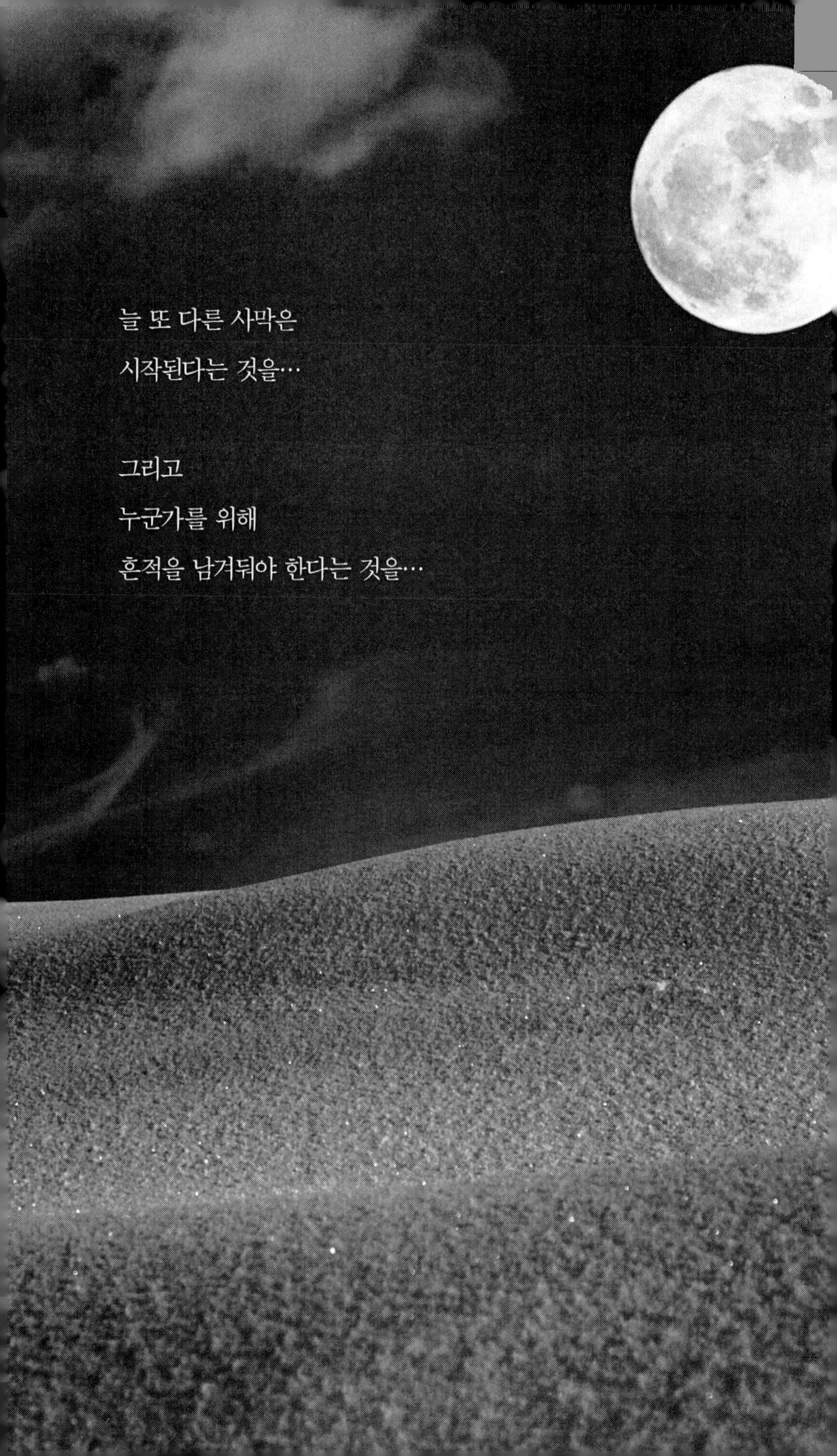
늘 또 다른 사막은
시작된다는 것을…
그리고
누군가를 위해
흔적을 남겨둬야 한다는 것을…

성인군자 왈 (聖人君子 曰)

항상 바른 소리
언제나 똑같은 소리
말로만 하는 소리

그 소리는
바르지 않은 길을 걷고 나서
매일 매일 다른 소리를 내고 나서
공허한 말을 내뱉고 나서야
성인군자의 소리가 되었다

그 소리는
한 몸 숨길 곳 없이 부끄럽고 나서
나도 내가 싫어지고 나서
의미 없는 시간을 보내고 나서야
성인군자의 소리가 되었다

달리기

눈앞에 보이는 것만을 보고 달릴 때는
뒤돌아 볼 수 없었다

쉴 때조차 내가 달려야 할 곳만
안타깝게 바라보았다

아주 먼 길을 쉼 없이 달리고 나서야
내가 본 것은 신기루 같은 오아시스였고
내가 갈 길은 끝이 없는 길이고

그 끝은 내가 만들어야 한다는 걸 알았다

오스트랄로피테쿠스

삼백만년 전
그도 하루하루가 버거웠다

오늘 먹어야 할 식량과
오늘 누워야 할 잠자리 때문에

삼백만년 전
그도 하루하루가 두려웠다

언제 닥칠지 모르는 온갖 위험과
적군인지 아군인지 알 수 없는 사람들 때문에

삼백만년 전
그도 하루하루가 의심스러웠다

나는 어디에서 와서 어디로 가는지
나는 무엇을 위해 살고 있는지…

우리는 틀림없는
오스트랄로피테쿠스의 후손들이다

수수께끼

수수께끼 80고개
한 고개 넘어 문제 하나
또 한 고개 넘어 문제 하나

풀지 못한 문제 하나 안고
그 자리에 주저앉았다

애타게 눌러 앉은 그 자리에서
한동안 넋 놓고 있다
고개 들어 보니

저 멀리 고개 넘어 가는
사람들의 뒷모습에
주렁주렁 매달린 문제주머니들

나도 주머니에 문제 넣어 묶고
다시 고개를 넘는다

한 고개 넘어 문제 하나
또 한 고개 넘어 문제 하나

어떤 날 쉬이 넘어가고
어떤 날 주머니에 담고
어떤 날 묶은 주머니 풀고
고개를 넘는다

너무 많이 잊었다

오래전에
오랫동안
들었지만
기억하지 못했다

정직해라
겸손해라

한참전에
한참동안
들었지만
기억하지 못했다

사랑한다
함께가자

조금전에

네가한말

들었지만

들리지 않는다

눈물소리 때문에

용서한다

다시가자

그 꽃

그 꽃
아무도 알지 못하는 산골오지에 피어서
부드러운 햇빛과 상쾌한 바람의 속삭임속에서
온통 조용한 나날을 보내다가
소리 없이 졌다

그 꽃
넓고 넓은 들판에 여기저기 피어서
따가운 햇빛과 시린 바람의 매서움 속에서
온통 부대끼는 나날을 보내다가
소리 없이 졌다

그 꽃
온갖 꽃들이 만발한 도시의 정원에서
한껏 자신을 뽐내려 입히고 붙이며
온통 부산스러운 나날을 보내다가
소리 없이 졌다

용기

10%의 가능성에 도전하는 것은 무모함

30%의 가능성에 도전하는 것은 용기

50%의 가능성에 도전하는 것은 현명함

70%의 가능성에 도전하지 않는 것은 무지함

지혜

지혜란
때를 기다리는 것
그 때를 위해 준비하는 것
그 때가 왔음을 아는 것

청춘이란
때를 기다리지 못하는 것
그 때를 준비하지 않는 것
그 때가 왔음을 알지 못하는 것

깨달음이란
시간이 흐르고 나서야
그 때가 그때였음을 알게 되는 것
그 때는 내가 만들어 낸 것임을
알게 되는 것

그리고
아직 그 때가
남아 있음을 알게 되는 것

군자불기 (君子不器)

질 좋은 원두 한 컵
잘 뽑은 에스프레소 한 잔

물 추가 아메리카노
우유 추가 카페라떼
초코 추가 카페모카
시럽 추가 캬라멜 마키아또

샷 추가
토핑 추가

질 좋은 원두 한 컵
잘 뽑은 에스프레소 한 잔

*SERI(삼성경제연구소) 에스프레소 이야기 참고

다행이다

다행이다
지금 부끄러울 수 있어서

다행이다
다시 시작할 수 있어서

다행이다
더 늦지 않아서

다행이다
늦은 때는 없어서

고맙다

고맙다
네가 서 있는 그 자리
나도 버티지 못했던 곳이다

고맙다
네가 하는 그 일
나도 제대로 해내지 못했던 일이다

고맙다
네가 고민하고 있는 그 문제
나는 생각조차 하지 않았던 문제이다

고맙다
넌 충분히 훌륭하다

부럽다

온 몸에서 문화적인 향기가 뿜어나는 사람

온 몸에서 전문적인 지식이 드러나는 사람

온 몸에서 경험의 여유가 묻어나는 사람

온 몸에서 준비된 열정이 피어나는 사람

온 몸에서 따뜻한 온기를 전해주는 사람

문득

내 인생을 바라본

우리 인생을 계속

4장

언중유골(言中有骨)

말에 심은 뼈

간디

그 분께서 말씀하셨다

인류에게는 열 가지 악이 있으니…

목적이 결여된 삶

헌신이 결여된 사랑

양심이 결여된 쾌락

일이 결여된 부와 재산

도덕이 결여된 상업

인간성이 결여된 과학

신뢰가 결여된 우정

인격이 결여된 지식

원칙이 결여된 정치

실천이 결여된 약속

김구

그 분께서 말씀하셨다

산에 한 가지 나무만 있지 아니하고
들에 한 가지 꽃만 피지 아니한다

여러 가지 나무가 어울려서
위대한 삼림의 아름다움을 이루고
백 가지 꽃이 섞여 피어서
봄들의 풍성한 경치를 이루는 것이다

내가 이기심으로 남을 해하면
천하가 이기심으로 나를 해할 것이니
이것은 조금 얻고 많이 빼앗기는 법이다

정약용

그 분께서 말씀하셨다

천하에는 두 가지 큰 기준이 있는데
옳고 그름의 기준이 그 하나요
이롭고 해로움에 관한 기준이 다른 하나다

옳음을 고수하고 이익을 얻는 것이
가장 높은 단계이고
옳음을 고수하고도 해를 입는 경우는
그 다음 단계이다
그름을 추종하고도 이익을 얻음이
세 번째 단계이고
그름을 추종하다가 해를 보는 경우가
가장 낮은 단계이다

송시열

그 분께서 말씀하셨다

자식이 부모를 섬길 때
손수 밭을 갈고 밥을 짓고
반찬 장만하고 제 손으로 나무를 베어
부모 주무시는 방에 불을 때고
바람과 비를 막게 하고
부모의 수고를 대신하면
천하의 효자라고 하나니

자식이 못하는 일을 노비는 하여
농사하고 밥 짓고 반찬 장만하고
멀고 가까운데 심부름을 하니
나라의 명분이 그러하나
노비밖에 귀한 것이 없다

공자

그 분께서 말씀하셨다

不患人之不己知

患其不能也

다른 사람이 나를 알아주지 않음을 근심하지 말고

자신이 능하지 못함을 근심하라

소크라테스

그 분께서 말씀하셨다

지식의 밑받침이 없는 생각은 흉하게
느껴지지 않는가?

지적인 행동이 아니라 생각만 가지고
세상을 걸어간다는 것은
장님이 혼자 길을 걸어가는 것과
무엇이 다르겠나?

마르쿠스 아우렐리우스

그분께서 말씀하셨다

아침에 일어나기 싫으면
'나는 인간으로서 일하기 위하여 일어난다'고 생각하라

그 때문에 내가 태어났고
그 때문에 내가 세상에 나온 일을 하려는데
내가 아직도 불평을 한단 말인가?
아니면 나는 이불을 덮고 누운 채
몸이나 데우려고 만들어졌단 말인가?

'하지만 휴식도 필요하지요'
그야 물론이지
그러나 자연은 휴식에도 한계를 정해놓았다
하지만 너는 한계를 넘어서고 있고
충분한 정도를 넘어서고 있다

버트런드 러셀

그 분께서 말씀하셨다

절망감은 벗어던지고
세계가 어떻게 변했으면 좋겠는지를 생각해보라

우리는 살아 있는 동안
세계를 위해서 무엇을 할 수 있는가?

올바른 사고는 희귀하고 난해하지만
결코
무력하지 않다

벤자민 프랭클린

그 분께서 말씀하셨다

과식과 과음을 삼가라
쓸데없는 대화를 피하라

모든 물건은 제자리에 정돈하고
정해진 시간을 지켜라

해야 할 일은 하기로 결심하고
결심한 일은 반드시 행하라

지출을 삼가고 낭비하지 말라
시간을 헛되이 쓰지 말고
필요 없는 행동은 하지 말라

순수하고 정의롭게 생각하라
남에게 피해를 주거나
응당 돌아갈 이익을 주지 않거나
하지 말라

극단을 피하고
원망할 만한 일을 한 사람조차
원망하지 말라

몸과 옷차림, 집안을 청결하게 하라
사소한 일, 일상적인 사고, 혹은 불가피한 사고에
불안해 하지 말라

감각이 둔해지거나, 몸이 약해지거나
자신과 타인에게 해가될 정도까지
성관계를 하지 말라

존 스튜어트 밀

그 분께서 말씀하셨다

각종 언어로 쓰인 이 세상의 책들은
모두 인생이란 어떤 것이고
우리가 어떻게 살아야 하는지에 관한
깊은 성찰로 가득 차 있다

참고문헌

정약용, 「유배지에서 보낸 편지」

송시열, 「계녀서」

김구, 「백범일지」

공자, 「논어」

간디, 하워드 커센바움의 「도덕가치교육을 위한 100가지 방법」 본문 내용 중

플라톤, 「국가론」

마르쿠스 아우렐리우스, 「명상록」

버트런드 러셀, 「왜 사람들은 싸우는가」

존 스튜어트 밀, 「자유론」

벤자민 프랭클린, 「덕의 기술」